Geschichte eines Braminen

Karoline von Günderode

Ich bin, sagte Almor, in Smirna geboren. Mein Vater, ein Franzose und reicher Kaufmann, der von der Christlichen zur Mahomedanischen Religion übergegangen war, behandelte mich, so selten ich auch vor ihm erschien, kalt und unfreundlich, und meine Mutter war vor meiner Erinnerung gestorben. Ich fühlte mich recht verlassen und oft tief erbittert durch meinen Vater. Kinder, wenn sie schon anfangen, das Leben mit den Augen ihres Geistes zu betrachten, werden von den Gewohnheiten, Verhältnissen und Forderungen der menschlichen Gesellschaft beängstigt, und nur die sanfte Hand guter Eltern kann sie ohne große Schmerzen in die ungewohnten Schranken des bürgerlichen und häuslichen Lebens einführen. Durch die Eltern spricht die Natur zuerst zu den Kindern. Wehe den armen Geschöpfen, wenn diese erste Sprache kalt und lieblos ist!

Da sich mir mehr unangenehme Gegenstände des Nachdenkens darboten, als angenehme, so entsagte ich ihm bald ganz; selbst die Ceremonien des mahomedanischen Gottesdienstes, die ich täglich mitmachen mußte, erregten meine Neugierde, deren Sinn zu verstehen, nicht. Mein Vater hatte oft gesagt, die Religionen seyen zwar nützliche politische Einrichtungen, allein für den einzelnen Aufgeklärten höchst überflüssig; der Ceremoniendienst war mir ohnehin beschwerlich, ich gab also diesem Ausspruche aus Bequemlichkeit meinen ganzen Beyfall.

Sechzehn Jahre war ich alt, als mich mein Vater (welcher haben wollte, ich solle Kaufmann werden) zu einem Handelsfreund in eine der größten Städte Europens sandte. Der Eindruck, welchen die Neuheit so vieler Gegenstände auf meine Seele machte, war nicht bedeutend, denn ich betrachtete die Dinge mehr mit den Augen, als mit dem Geiste.

Ich war genöthiget, die meisten Stunden des Tages mit Geschäften auszufüllen; diejenigen, die mir übrig blieben, wandte ich dazu an, mir Vergnügen zu machen. Ich besuchte Schauspiele, schöne Frauen, und ging mit leichtsinnigen jungen Männern um; dennoch blieb mir eine gewisse Verlegenheit und Ungeschicklichkeit im gesellschaftlichen Leben, die wir Morgenländer selten ablegen, weil unsere Lebensart sehr ungesellig ist.

Mehrere Jahre waren so vergangen, in welchen ich nichts Höheres kannte als Geld erwerben, um es auf eine angenehme Art wieder auszugeben. Die Nachricht von dem Tode meines Vaters brachte mich zuerst zu einiger Besinnung. Ich beklagte seinen Tod nicht, aber ich betrauerte meine Unempfindlichkeit bey seinem Verlust, und machte mir im Herzen Vorwürfe darüber. Ein neuer Umstand kam hinzu, meinen Geist aus seinem Schlummer zu erwecken; der Kaufmann, für den ich arbeitete, verlor fast sein ganzes Vermögen, er und seine Gattin brachten Tage lang mit mir in dem größten Kummer darüber hin, und wir entwarfen hundert vergebliche Plane, das Übel abzuwenden. Nachdem ich mich fast stumpf über die Mittel, diese Leute zu retten, gedacht hatte, sagte ich zu mir selber: Sind denn Reichthümer und Vergnügen der Sinne die einzigen wünschenswerthen Güter? Diese Frage öffnete plötzlich die mir noch unbekannten Tiefen meines eigenen Gemüthes; ich stieg hinab in eine Menge von Gedanken, wie in eine Felsenhöhle, in welcher immer neue und frische Quellen sprudeln. Ich war schon lange auf Erden, jetzt fing ich an zu leben, und die Flügel meines Geistes wagten den ersten Flug. Die mir bisher unsichtbare moralische Welt enthüllte sich mir, ich sah eine Gemeinschaft der Geister, ein Reich von Wirkung und Gegenwirkung, eine unsichtbare Harmonie, einen Zweck des menschlichen Strebens und ein wahres Gut. Verloren war ich für meine Berufsarbeiten seit dem Augenblick, da ich dies schöne Land gefunden hatte, ich gab sie auf, denn erst wollte ich wissen, wer ich sey? was ich seyn solle? welche Stelle mir gebühre? und welche Gesetze in dem Reiche herrschten, dessen Bürger ich werden wollte? ehe ich meiner Thätigkeit einen Kreis bestimmte.

Zuerst betrachtete ich meine Natur und Bestimmung abgesondert, und nur in Rücksicht auf mich selbst; ich fand, daß ohne Weisheit und Tugend die Wohlfahrt meines Geistes nicht bestehen könne; ich fand, daß Weisheit und Tugend die Gegenstände meines höchsten Strebens, durch Beherrschung der Sinnlichkeit, der Leidenschaften, und durch Übung der Kräfte in edler und nützlicher Thätigkeit erlangt werden könnten. Betrachtete ich mich als Bürger des moralischen Reiches, so fand ich mich verpflichtet, dessen Wohlfahrt wie die eigne, nach allen Kräften zu befördern, ihr alles zu opfern, und mich als ihr Eigenthum zu betrachten.

Mit welcher Freude trat ich aus dem engen Kreis zugemessener täglicher Arbeiten in die freye Thätigkeit eines denkenden Wesens, das sich selbst einen Zweck seines Thuns setzt, aus dem beschränkten persönlichen Eigennutz in die große Verbrüderung aller Menschen, zu Aller Wohl. Das bloß mechanische und thierische Leben, dem ich entronnen war, lag wie ein dumpfer Kerker hinter mir; ich trat in jedem Sinne in die Welt, und übte meine Kraft in mancher

Selbstüberwindung, in mancher schweren Tugend. Durch sorgfältige Betrachtung lernte ich bald alles Menschliche im Menschen kennen, aber das Göttliche war mir noch nicht offenbar.

Meine stolze Vernunft maßte sich bald die Alleinherrschaft in mir an; sie wollte, Alles solle vernünftig seyn. Diese Forderung verwickelte mich natürlich in beständige Zwistigkeiten mit mir selbst und der Welt; die Widerspenstigkeiten meiner eignen Natur gegen ihre Gebote machten mich unzufrieden mit mir; der beständige Kampf der Welt gegen ihre Forderungen verwirrte mich, eine klügelnde Kritik fand alles tadelnswürdig, nichts konnte dieser Vernunft genügen. Einst hatte ich ihr ein großes Opfer gebracht, lange Zeit war ich im Nachdenken darüber verloren; endlich sprach eine innere Stimme zu mir: Warum ist denn alles gut, was auf Erden ist, nur der Mensch nicht? Warum soll er allein anders werden, als er ist? Ist nur *der* tugendhaft, der auf den Ruinen seines eignen Geistes steht und sagen kann: Seht, diese hatten sich empört, aber sie sind gefallen, ich bin Sieger worden über sie Alle! – Barbar! freue dich nicht deines Siegs, du hast einen Bürgerkrieg geführt, die Überwundenen waren Kinder deiner eignen Natur, du hast dich selbst getödtet in deinen Siegen, du bist gefallen in deinen Schlachten. Ich konnte dieser Stimme nichts entgegensetzen, als die Unordnung, in welche die moralische Welt gerathen würde, wenn keiner gegen seine Neigungen kämpfen wollte. Aber diese Antwort genügte mir nicht; der Friede, mit solchen Opfern erkauft, war mir zu theuer, und ich konnte den Gedanken nicht mehr ertragen, mich Theilweise zu vernichten, um mich Theilweise desto besser erhalten zu können. Wie kann ich wissen, fuhr ich zu denken fort, was zu der eigentlichen Natur und Harmonie meines Wesens gehört, und was durch Erziehung und Verhältnisse Fremdes in mich übertragen wurde? Vielleicht, wenn mein Gemüth noch unvermischt von fremdem Zusatz wäre, vielleicht gäbe es dann in mir kein *Sollen,* keine Ertödtung des *Einen,* damit das *Andre* besser gedeihe. Gewiß nur die Welt, ihre Verwirrungen, der Strom ihres tiefen Verderbens, die feige Gefälligkeit, die sie uns oft auferlegt, haben mich mir selber entrückt, und mich zu einem Wesen von widersprechender Natur gemacht. Von dem Augenblick an, da mir dies klar wurde, entriß ich mich allen Verhältnissen mit den Menschen, ich verließ sogar Europa und ging zurück in mein Vaterland; dort wollte ich in stiller Betrachtung meine Seele reinigen von allem Fremden, und wieder ganz Ich selbst werden.

Mit welcher Freude sah ich Asien wieder! Eine laue Luft trug mir den feinsten Duft der Spezereyen des Morgenlandes entgegen. Syriens stille Küste badete sich im heißen Mittelmeer, und Abendwolken ruhten auf den Gipfeln der Berge; eine bedeutende Inschrift am Eingange dieses Landes, in welchem sich von jeher Irdisches und Himmlisches, Menschliches und Göttliches, so nahe berührt haben.

Ich wählte mir einen Palmenwald am persischen Meerbusen zum Aufenthalt. Dieser stille Ort diente mir zum Hafen gegen die Untiefen und Klippen der Welt; aber es ist nicht so leicht, sich von ihr zu scheiden. Tausend geheime Bande knüpfen uns an sie, und der Entschluß, der uns von ihr trennt, ist nicht viel kleiner, als der Schritt von dem diesseitigen Leben in das jenseitige.

Ich kann, unterbrach Lubar den Erzähler, diesen Schritt eben so wenig gut heißen, als den Selbstmord; beyde sind für die menschliche

Gesellschaft gleich nachtheilig, und was würde aus ihr werden, wenn sich jeder erlauben wollte, sich für sie zu tödten?

Junger Freund! erwiederte Almor, er kann und wird nicht jeder thun was ich that, und nicht jedem ziemt es; denn so verschieden die äußere Bildung der Menschen ist, so verschieden ist auch ihre innere Natur, ihr Leben und ihre Wünsche. Den einen bildet die Welt, ihr Gewirre macht ihn gewandt, ihr Widerstand übt seine Kraft. Ein Andrer bildet die Welt, und seine Thaten wirken fort in ihr, wenn er auch schon längst aufgehört hat; diese und ähnliche Naturen gehören ihr an, sie können und dürfen sich ihr nicht entziehen. Ganz anders ist es mit mir, ich war nie von den Ihrigen, es war gleichsam nur eine Übereinkunft, nach welcher sie mir gab, was mir von ihren Gütern unentbehrlich war, nach welcher ich ihr gab was ich konnte. Diese Übereinkunft ist zu Ende, sie kann mir nichts mehr geben, ihr Geräusch macht mich taub für die Sprache meines eignen Geistes, ihre Verhältnisse verwirren mich, ich ginge in ihr nutzlos verloren. Hier in dieser stillen Einsamkeit habe ich meine Eigenheit, meinen Frieden, meinen Gott gefunden, und tausend Geisterstimmen reden Offenbarungen zu mir, die ich im Getümmel des Lebens nicht vernehmen könnte.

Der Kampf (fuhr Almor in seiner Erzählung fort) des Einzelnen mit der Gesellschaft, der Freyheit gegen die Freyheit, der Eigenheit gegen allgemeine Gesetze, und der Moral gegen ihre Hindernisse, hörten auf mich so sehr zu beschäftigen und zu quälen. Schon lange war es mir klar geworden, daß das Recht der Grund der bürgerlichen, und die Sittlichkeit der Grund der menschlichen Gesellschaft seyen. Diese beyden Beziehungen hatten mir ehemals genügt; ich hatte gesucht, alle Punkte meines Gemüthes mit ihnen in Berührung zu bringen; jetzt entdeckte ich Anlagen in mir, denen diese endlichen Beziehungen nicht mehr genügen wollten, mein Verstand wollte immer mehr und unersättlich wissen, meine Einbildungskraft suchte ein weiteres Feld für ihre Schöpfungen, meine Begierde einen unendlichen Gegenstand ihres Strebens, und mein innerer Sinn ahndete eine unsichtbare und geheimnißvolle Verbindung mit Etwas, das ich noch nicht kannte, und dem ich gerne Gestalt und Namen gegeben hätte. Ich sahe hinauf in die Sterne, und fand es traurig, daß mein Auge so gerne hinsehe, und doch an die Erde gefesselt sey; ich liebte das Morgenroth, daß ich zu seinen Umarmungen hätte auffliegen, und die wogende See, daß ich mich in ihre Tiefen hätte stürzen mögen. In dieser Sehnsucht, in dieser Liebe sprach der Naturgeist zu mir, ich hörte seine Stimme wohl, aber ich wußte noch nicht, wo sie herkäme; je mehr ich aber darauf lauschte, desto deutlicher war es mir, daß es eine Grundkraft gäbe, in welcher Alle, Sichtbare und Unsichtbare, verbunden seyen. Ich nannte diese Kraft das Urleben, und suchte mein Bewußtseyn in Verbindung mit ihr zu bringen, (denn eine mir geheimnißvolle und unbewußte Abstammung von ihr schien mir gewiß;) ich suchte mir allerley Pfade, zu ihr aufzusteigen, von dem Irdischen zum Himmlischen; die Religion schien mir endlich dieser Pfad zu seyn. Ein Spruch aus dem Coran, der mir einst einfiel, brachte mich auf diesen Gedanken; mit Liebe und Eifer studierte ich Mahomeds Lehre und sein Leben. Mein Geist ging in Betrachtung des seinigen über; ich sah, wie früh in seiner Seele das Bewußtseyn göttlicher Dinge gekeimt sey, wie eine mächtige Sehnsucht ihn getrieben, diesen Zweig vom ewigen Lebensbaum dem verwitterten

Stamm seines Volkes einzuimpfen, wie aber dieses zarte Gewächs, das nur in einem durch Sittlichkeit und Kultur gereinigten Boden blühen und Früchte tragen kann, eine veränderte und fremdartige Gestalt und Natur angenommen habe; sah seine Versuche, durch Gesetze, durch Hoffnung auf den Himmel und Furcht vor der Hölle, einen Grund von Sittlichkeit in ihren rohen Gemüthern zu legen; sah endlich, wie Ehrgeiz, eine zügellose Einbildungskraft, und die Gewalt der Umstände ihn verführt hatten, unheilige Mittel und Zwecke mit dem Heiligen zu verbinden. Nachdem ich so gesehen, wie der Weltgeist sich in diesem Individuum abgespiegelt hatte, ging ich zur Betrachtung seines Bildes in den Geistern anderer Religionsdarsteller über; ich durchging Zoroasters, Confutsees, Moses und Christus Lehren, die Überbleibsel der ägyptischen Priesterweisheit, und der Hindu heilige Mythen.

So verschieden der Geist aus diesen Allen gesprochen hat, habe ich doch nur einen Sinn in diesen Formen gefunden, mit dem sich der Meinige innigst verbunden hat, wodurch er erweitert und verstärkt wurde.

Du verlangst von mir, junger Freund! daß ich dich einführe in die Thore des ewigen Tempels der Religion. Wisse! seine Aufschrift ist Unendlichkeit, und die Sprache ist endlich. Doch will ich versuchen, die heilige Bildsäule der Isis zu Sais, (unter der die Worte: »Ich bin, was da ist, was war und seyn wird« standen,) vor dir zu entschleyern; so dir aber der innere Sinn nicht aufgeht für die Göttin, so wirst du sie nicht schauen, weder durch deine Vernunft, noch durch dein Wissen.

Es ist eine unendliche Kraft, ein ewiges Leben, das da Alles ist, was ist, was war und werden wird, das sich selbst auf geheimnißvolle Weise erzeugt, ewig bleibt bey allem Wandeln und Sterben. Es ist zugleich der Grund aller Dinge, und die Dinge selbst, die Bedingung und das Bedingte, der Schöpfer und das Geschöpf, und es theilt und sondert sich in mancherley Gestalten, wird Sonne, Mond, Gestirne, Pflanzen, Thier und Mensch zugleich, und durchfließt sich selber in frischen Lebensströmen und betrachtet sich selber im Menschen in heiliger Demuth. Diese Anschauung der Dinge, die Anschauung ihres Urgrundes, ist die innerste Seele der Religionen, verschieden individualisiert in jedem Individuum; aber durchgehe sie selbst, die Religionsysteme alle, in allen wirst du finden ein Unendliches, Unsichtbares, aus dem das Endliche und Sichtbare hervorging, ein Göttliches, das Mensch wurde, ein Übergehen aus dem zeitlichen Leben in das ewige. Der Sinn für dies ewige Leben ist mir schon hier aufgegangen in religiöser Betrachtung, darum ist mir das Zeitliche in gewissem Sinne so gering geworden, und mein Geist hat die Dinge ganz anders geordnet.

Verhaßt ist mir nun die Philosophie geworden, die jeden Einzelnen als Mittel für das Ganze betrachtet, das doch nur aus Einzelnen besteht, die immer fragt, was dies oder jenes nütze für die Andern? und die jeden als eine Frucht betrachtet, die geblüht habe und gereift sey, um von dem Ganzen verzehrt zu werden; die die verschiedensten Naturen in einen Garten pflanzen, und den Eichbaum und die Rose nach einer Regel ziehen will. Mir ist jeder Einzelne heilig, er ist Gottes Werk, er ist sich selbst Zweck. Wird er, was er seiner Natur nach werden kann, so hat er genug gethan, und was er den Andern genützt, ist Nebensache. Jede Eigenheit ist mir heilig; was der Welt gehört von uns, unser Handeln in ihr möge sich nach ihrem Gesetz richten und nach ihrer Ordnung, aber kein fremdes Gesetz berühre die innere Freyheit meines Geistes, störe die eigne Natur meines Gemüthes, die, wenn sie vollendet wäre, eine reine Harmonie ohne Mislaut seyn würde. – Ja, es muß eine Zeit der Vollendung kommen, wo jedes Wesen harmonisch mit sich selbst und mit den Andern wird, wo sie in einander fließen, und Eins werden in einem großen Einklang, wo jede Melodie hinstürzt in die ewige Harmonie.

Wie dem blos thierischen Leben Gesundheit, Erhaltung, Fortpflanzung das Höchste sind, so ist Humanität im weitesten Sinne des Worts (nach welchem es Sittlichkeit und Kultur mit begreift) das Höchste für den Menschen als Menschen; als solcher hat er die Menschheit zum Gegenstand. Sein reines Verhältniß zu ihr, die Moralität, besteht in sich, genügt sich selbst, und bedarf keiner andern Motive noch Aussichten als sich und die Menschheit. Wer irgend einer Art von Religion zur Stütze seiner Sittlichkeit bedarf, dessen Moralität ist nicht rein, denn diese muß ihrer Natur nach in sich selbst bestehen. So kann der Mensch die Religion entbehren, und, blos als Mensch betrachtet, reicht seine Aussicht nicht in ihr Gebiet; aber der Geist sucht das Geistige, sein Durst forscht nach der Quelle des Lebens, er sucht für seine Kräfte, die auf Erden kein Verhältniß finden, ein Überirdisches, für sein geistiges Auge einen unendlichen Gegenstand der Betrachtung, und er findet dies alles in der Religion; sie ist ihm das Höchste, und sein Leben in ihr ist ein rein geistiges. So lebt der Mensch dreyfach: thierisch, dies ist sein Verhältniß zur Erde; menschlich, dies ist seine Beziehung zur Menschheit; geistig, dies ist seine Beziehung zum Unendlichen, Göttlichen. Wer auf eine dieser drey Arten nicht lebt, hat eine Lücke in seiner Existenz, und es geht ihm etwas verlohren von seinen Anlagen. –

Diese neue Ansicht der Dinge brachte meinem Gemüth den ewigen Frieden. Die persischen Palmwälder waren mir ein Elysium, aber eine gewisse Sehnsucht trieb mich, Indien zu sehen; ich wanderte gen Tibet hinauf, durch des Mustags Klüfte und Thäler, und den Ganges hinunter bis dahin, wo er seine heilige Wasser in den bengalischen Meerbusen ergießt, und wieder zurück nach Dehli, der alten Hauptstadt der mongolischen Sultane. Unsern von dieser Stadt lernte ich einen weisen Braminen kennen, der mich bald lieb gewann, mich zu sich aufnahm in seine Wohnung an den Ufern des Ganges, und mich unterrichtete in der Sanskritasprache. Wir machten zusammen Wanderungen in die entferntesten Gegenden Indiens, und forschten nach Denkmälern der vergangenen Herrlichkeit dieses Landes.

Eine heiße Liebe zu seinem Volk beseelte den Braminen, er trauerte über dessen Fall, als sey es sein eigner, und weidete sich an dessen voriger Größe; und der lebhafte Antheil, den auch ich daran nahm, machte mich ihm immer lieber; er lehrte mich die Geschichte seines Vaterlandes genauer kennen, und mit Erstaunen sah ich, daß Indiens Kultur in ein Alterthum hinauf reicht, wo die Zeitrechnungen anderer Völker noch ungeboren sind. Mögen, sagte er einst zu mir, die stolzen Europäer sich rühmen, der Mittelpunkt der gebildeten und aufgeklärten Welt zu seyn, im Morgenlande ist doch jede Sonne aufgegangen, die die Erde erleuchtet und erwärmet hat; später und bleicher sendet sie ihre Strahlen dem Abendlande. Der Nebel der Vergessenheit umschleyert die Gräber unserer Vorwelt, nur wenige große Gestalten schimmern hindurch; unsere siegreichen Götter sind geflohen, wir sind zertreten von den rohen Mongolen, wir sterben langsam durch die gewinnsüchtigen Europäer. Jede Volksgröße scheint ein Frühling, der nur einmal kömmt, und dann entfliehet, um andere Zonen zu beglücken.

Je mehr ich diesen Menschen kennen lernte, desto mehr fand ich einen wahren Priester, einen Mittler zwischen Gott und den Menschen in ihm. Göttliches und Menschliches waren in seinem Gemüthe auf das Innigste und Schönste verknüpft. Die Erde war ihm heilig wie ein Vorhof des Himmels, ihr buntes Getümmel verwirrte ihn nicht, alles entwickelte sich klar vor seinem Geiste, und er blieb rein und unschuldig in den Strudeln des Verderbens. Er stand, wie Moses, auf einem hohen Berge, dahin ihm keiner folgen konnte, und Gott sprach zu ihm, und durch ihn, zu den Menschen. Bald vergaß er, daß ich ein Fremder sey, und weihte mich ein in die Weisheit der Braminen. Er lehrte mich, wie in jedem Theile des unendlichen Naturgeistes die Anlage zu ewiger Vervollkommnung läge, wie die Kräfte wanderten durch alle Formen hindurch, bis sich Bewußtseyn und Gedanke im Menschen entwickelten; wie von dem Menschen an, eine unendliche Reihe von Wanderungen, die immer zu höherer Vollkommenheit führten, der Seelen warteten; wie sie endlich auf geheimnißvolle Weise sich alle vereinigten mit der Urkraft, von der sie ausgegangen, und Eins mit ihr würden, und doch zugleich sie selbst blieben, und so die Göttlichkeit und Universalität des Schöpfers mit der Individualität des Geschöpfes vereinigten. Er lehrte mich, wie eine Gemeinschaft bestehe zwischen den Menschen, denen der innere Sinn aufgegangen sey, und dem Weltgeiste. »Ich habe, sprach er zu mir, Monden und Jahre verlebt, in welchen der Geist nur geschwiegen hat, aber plötzlich hat er zu mir geredet in hohen Offenbarungen, dann wurden mir in einem Augenblick Dinge begreiflich, die ich Jahre lang zu verstehen umsonst gestrebt hatte. Eine neue und ganz andere Bedeutung hatten dann die Erscheinungen um mich her, ein frischer Lebensquell floß durch meine Brust, meine Gedanken flogen kühner, rascher; es war mir dann wie Einem, der in öder Einsamkeit fast der Sprache Töne vergessen hat, und zu dem ein guter und großer Mensch tritt und freundlich zu ihm redet. Wann aber die Stimme schwieg, wann sich das Himmelsfenster schloß, durch welches göttliche Klarheit in meine dunkle Seele gekommen war, dann war ich sehr traurig, und ich konnte mich über nichts freuen, als über die Erinnerung des Lichts, das ich gesehen hatte.«

Ein zwiefaches Leben schien in dem Greis zu wohnen, wenn er so sprach, und ein Funke seines Geistes ging in den meinigen über. Ich konnte ihn nicht verlassen, überall begleitete ich ihn, einige Sommernächte ausgenommen, die er mit einem alten Braminen in den Trümmern eines indischen Tempels am Ganges in geheimnißvollen Weihen und Ceremonien seiner Religion zubrachte. Von einer dieser Wanderungen kam er einst sehr ermüdet und bleich zurück, und befahl mir und seiner siebenjährigen Tochter Lasida, ihn in den Schatten einiger Palmen, die am Ganges standen, und über die sich ein hoher mit Inschriften bekleideter Fels bog, zu begleiten; er setzte sich nieder in den Schatten der Bäume, und hatte lange die Kraft nicht, zu reden. Endlich sagte er mit schwacher Stimme: »Almor! sey du der Vater meiner Lasida, wenn ich gestorben bin, wohne bey ihr, und erzähle ihr von mir, ich möchte wohl in ihrer Liebe fortleben. Du Almor, lebe wohl! für dich werd' ich nicht sterben, denn mein Geist wirkt fort in dir. Noch einmal, lebe wohl! und laß mich allein; ich möchte in ungestörter Betrachtung des Todes sterben, möchte stille meinen Geist in die stille Natur zurück hauchen.« Ich verließ ihn, und als ich am Abend zurück kehrte, fand ich ihn todt. Sein Freund, der alte Bramin, kam noch denselben Abend; er behauptete, seinen Tod gewußt zu haben, und begrub ihn um Mitternacht an der Stelle, wo er gestorben war.

Ich blieb in Lasida's Haus, lebte wie ein Bramin, und erzog das Mädchen sehr wenig, ich überließ es vielmehr seiner eignen schönen Natur. Zehn Jahre sind seit dem Tode ihres Vaters verflossen, und er lebt noch unter uns; ja Lasida verläßt ungern dies Haus, um ihrem Geliebten zu folgen, weil sie fürchtet, von der nähren Gemeinschaft mit ihrem Vater durch eine kleine Entfernung ausgeschlossen zu werden. Und ich werde nimmer diese Hütte, diese Palmen, diesen Strom verlassen; ich bin hierher gebannt wie in Zauberkreisen, und der Friede weicht nicht von mir.

Tiann.

[Liebst du das Dunkel]

Liebst du das Dunkel

Thauigter Nächte

Graut dir der Morgen

Starst du ins Spatroth

Seufzest beym Mahle

Stösest den Becher

Weg von den Lippen

Liebst du nicht Jagdlust

Reizet dich Ruhm nicht

Schlachtengetümmel

Welken dir Blumen

Schneller am Busen

Als sie sonst welkten

Drängt sich das Blut dir

Pochend zum Herzen.